MAI SANTOS

RAZONES POR LAS QUE NO ENAMORARSE DE UNA PERSONA COMO... YO

© del texto e ilustraciones: Mai Santos
Corrección ortotipográfica: Israel Sánchez
Diseño y maquetación: Nartvisual
Fotografía: @whataremypics

Impresión y editorial: BoD – Books on Demand
info@bod.com.es - www.bod.com.es
Impreso en Alemania – Printed in Germany

ISBN – 9788413730196
Depósito legal: TF 51-2021

ALGO ASÍ COMO UNA BIOGRAFÍA

Desde 1986, Mai Santos ha dado pequeñas vueltas por este mundo, pero proviene de La Palma, una de las Islas Canarias. Hace un par de años descubrió que escribiendo se podían plasmar realidades o, incluso, escapar de ellas al dejarlas reflejadas en papel. Adora la música, tocar el piano, leer, inventar cosas cuando se aburre y pintar mariposas. Disfruta de su profesión como dinamizadora, jugando allá dondequiera que vaya.

Si crees que necesitas más información, no dudes en buscarla:

@palabras_que   Palabras que no te dije pero sí

*A mi familia y
a los que han pasado a formar parte de ella.*

No podía empezar todo esto sin dar las gracias. A ti, porque has decidido empezar a leer este libro, y a todas las personas que me han aguantado en el proceso de crearlo.

A quienes han leído algunos fragmentos o las páginas completas mal impresas en casa y han opinado.

Y también gracias a las personas que, de una manera u otra, han formado parte de esta historia.

AGRADECIMIENTO ESPECIAL

Creo que te lo mereces.

No sé por qué, pero si no hubieses aparecido en mi vida... tal vez no podría haber ordenado, en cierta manera, todo esto.

No sé cuántas cosas de las que hay escritas aquí te habré contado, pero tampoco tienes que saberlo todo.

Me has visto de mil maneras y, sea como sea, siempre has sido superguay.

Por tus caras de asombro cuando te cuento algún desastre y por tus risas cuando me haces preguntas incómodas que tengo que responder.

Por tus abrazos cuando no podía más o por descubrir cosas sobre mí que ni siquiera yo sabía.

Por aguantarme el rollo, porque a veces hasta te echo de menos y porque siempre pienso que me vas a pelear por no ir a verte, pero nunca lo haces, ya que eso significa que todo va bien.

Porque eres el mejor y cuando pienso que eres un gran profesional pienso también que eres una gran persona. Por todo.

Gracias, George :)

DEL PORQUÉ DE TODO ESTO

Un día, Celia estaba haciendo su tarea y me hizo una pregunta bastante importante:

«Mami, ¿cuál es tu sueño?».

Tenía que elegir uno de los muchos que tengo para que lo dejara reflejado con su letra en un cuadradito. Dije uno de los difíciles, pero también genial:

«Publicar un libro».

Según unas preguntas que tenía que responder, entre otros sueños de varias personas de nuestra familia, el mío era el más complicado de conseguir.

A VECES, LOS SUEÑOS SE CUMPLEN SI LUCHAS POR ELLOS. NO LO OLVIDES JAMÁS Y LUCHA POR ALCANZAR LOS TUYOS.

PRÓLOGO

Por D. Clyde

Para la persona con el corazón más puro que conozco: Mai Santos.

En un mundo de mierda, lleno de personas de mierda, que cometen constantemente actos de mierda, por suerte aún quedan seres de luz como tú, Maite.

Eres pianista, cantante, escritora, dibujante, actriz... ¿No piensas dejar un poco para los demás, *muchá*?

Hace ya dieciocho años que somos amigos, desde que coincidimos en aquella clase de inadaptados en la Escuela de Arte, y hasta el día de hoy, hemos ido recolectando anécdotas inverosímiles de las cuales reconozco no recordar la mayor parte de ellas debido a un estilo de vida confrontado con la sobriedad.

De lo que sí tengo un recuerdo nítido, brillante como la luz de verano al mediodía (sobre todo si estás de resaca), es del momento exacto en el que pensé... «esta tía es increíble».

Estábamos en tu casa (seguramente tomando unas cervezas), y empezaste a tocar el piano mientras cantabas *Fallin'* de Alicia Keys. Me quedé sin habla. Y pocas cosas me dejan sin habla.

Me enamoré de tu arte, de tu voz enhebrándose entre el sonido de las teclas. Aquel momento fue mágico. Solo podía admirarte en silencio como quien abre los ojos por primera vez ante una belleza desconocida. Fue como si una mano invisible apretara mi corazón liberando una avalancha de sentimientos implacables.

Ahora, un buen puñado de años más tarde, acabas de terminar de escribir un libro. Y si, como seguramente has hecho, conseguiste concentrar años de experiencias y sentimientos de las que no vamos a entrar en detalles porque el prólogo ocuparía varios capítulos; y si has abierto tu pecho en canal para derramar tu arte, tus lágrimas, tu risa, tus amores y desamores, tu soledad, tu caos, tu huida desesperada y el retorno al mundo real... Joder, si has podido plasmar todo lo anterior en este libro, estoy seguro de que será maravilloso.

Te quiero, Mai Santos, Maite, Maitenix, mi amiga del alma, mi compañera de letras... Este mundo no se merece tener a una persona como tú.

Ojalá tú hija sea consciente de la suerte que tiene de tenerte como madre.

Muchos éxitos.

ÍNDICE

COMIENZO

Dicen, los que saben de estas cosas, que hay que comenzar por el comienzo.
Yo, que no entiendo de «estas cosas», voy a empezar por aquí.

SiEMPRE HAY TiEMPO

Podría hacer una gran lista para evitar próximas historias con personas que no me van a querer querer (valga la redundancia), pero sería aburrido.

A lo largo de mi vida he tenido la suerte de encontrarme con diferentes tipos de personas: aburridas, simpáticas, a las que les gusta el fútbol, con aficiones extrañas...
En fin, distintas unas de otras, y quizá de eso se trata para, así, no caer en una rutina totalmente aburrida de relaciones amorosas.
Todos sabemos a lo que me refiero.

Ha habido historias que duraron años, meses, días, horas...
De todas he aprendido que quien quiere estar contigo (o no) lo demuestra y, si realmente quiere (o no), estará (o no).
Siempre hay tiempo. Si no, hay excusas.

AVISO A LOS NAVEGANTES DE HISTORIAS

Antes que nada, quiero advertir a los lectores de que esto está escrito por alguien común, con errores comunes de los que he aprendido algo.

Con una vida «normal», en la que siempre intento disfrutar de las pequeñas sorpresas y detalles para que esa vida no sea tan normal.

Mientras escribo, vuelvo atrás leyendo en voz alta, como si esto fuese un gran relato interesante escrito por alguien importante.

Casi todas las personas que me conocen un poco saben que me gusta mucho el teatro, la interpretación y las artes en general. Lo que nunca pensé es que iba a acabar sentada delante de mi ordenador escribiendo esta... ¿cosa?

A medida que esto avance, iré diciendo razones por las que no enamorarse de una persona como yo, que es sobre lo que iba a escribir. No voy a remarcarlas, ni a enumerarlas, ni nada por el estilo. Estarán camufladas en medio de las historias porque, si no, realmente nadie va a querer enamorarse de una persona como yo.

Bla
Bla
Bla
Bla
Bla
BLA
Bla
BLA
Bla
Bla
Bla
Bla
Bla
Bla
Bla
Bla
BLA
BLA
BLa
Bla
Bla
bla

OLVIDAR

Puede que se repitan algunas historias, frases... ya que mi memoria a veces olvida. A veces.

Dicen que hay que olvidar a quien no te quiso, quien no quería estar contigo, olvidar a quien te hizo daño... Blablablá.
Creo que mejor... no.
Selecciona cuándo, cómo y por qué pensar en esas personas.
No las olvides porque, si lo haces, corres el riesgo de volver a encontrarlas y/o conocer a alguien similar o, incluso, peor.

HISTORIAS DE
LAS HISTORIAS

Me he encontrado con muchos tipos de personas a lo largo de mi vida.
El chico del primer beso, el primer novio oficial, el novio duradero, el rollo de una noche...
Supongo que todos hemos tenido muchas historias de las que acordarnos «selectivamente» que no han funcionado.

Habrá miles de historias.

Las historias de las historias, las historias de esas personas que un día fueron nuestra historia, etc. Pero llega un momento en el que, después de todo eso, te gustaría encontrar algo más que una simple «historia».
Buscas y buscas hasta que ya un día, por suerte, dejas de buscar.
Si algo está ahí para ti, aparecerá.

ARRIESGAR

Después de cometer muchos errores
en el pasado y esperar a que el karma
haga todo su trabajo sobre uno mismo...
vuelven a ocurrir situaciones que pueden
ser del todo sorprendentes.
Está bien.

Ahora se supone que uno ha aprendido lo
que es justo, lo que está bien, lo que está
mal y esas cosas. Pero no siempre sale
como nosotros pensamos o deseamos.
A pesar de todo, uno siempre tiene que
irse con la cabeza bien alta y una sonrisa
porque, al menos, lo hemos intentado.
Ya que de eso se trata: intentar o, mejor
dicho, arriesgar.

¡Hay que arriesgarse!

Quizá después de hacerlo llegue el
arrepentimiento, pero arriésgate.
Nunca sabes qué puede pasar.
Da igual. A veces nos hemos arriesgado
por quien no debíamos o hemos dejado
de hacerlo cuando teníamos que haberlo
hecho.
Arriésgate.

CASUALIDAD

Podemos encontrar muchísimas páginas, fotos, frases, etc. que hablan sobre estar enamorado o el amor mismo; y claro, uno a veces se crea unas expectativas un poco altas o se ilusiona.
Me ha pasado.

¿Crees en las casualidades?
Puede que en algunos momentos las veamos donde no las hay, pero apostaría a que existen.
Las casualidades (para mí) pueden ser desde momentos, personas o palabras, hasta todas esas páginas y frases de las que antes hablaba.
Me gustan las casualidades.

Leí una vez que dos almas no se encuentran por casualidad y quizá sea cierto.
Igual es que todo ya está predestinado, vivimos en un mundo donde ya está todo pensado y nosotros no controlamos nada.
Pero bueno, eso... quizá lo escribiré en otro tipo de relato.

Dos almas no se encuentran por casualidad. Entonces ¿qué es lo que nos lleva a encontrarnos con alguien?

¿Por qué nos encontramos con almas que no quieren quedarse a nuestro lado? Puede que sea por lo de que *tenemos que aprender de nuestros errores* y estar preparados para cuando llegue esa «alma» (o como quieran decirlo, puesto que hay muchos adjetivos curiosos y divertidos para denominarla) que estamos deseando encontrar.

Pero me surge otra duda... ¿Cómo sé yo que esa «alma» es para mí? Y, ¿cómo sé que estoy preparada para recibirla? Preguntas...

Tal vez la respuesta sea tan sencilla como: «Si te sientes feliz, esa es».

VALOR

Hay que tener valor para equivocarse una y otra vez. Pero, más que para equivocarse, creo que el valor hay que tenerlo a la hora de volver a intentarlo después de haberse equivocado.
Depende de nosotros el querer levantarse después de haber caído, después de que todo haya salido horriblemente mal.

Pero en algún momento llegará alguien al que le guste así o intente arreglar, junto a nosotros, todo eso que está roto por dentro.

Estoy segura.
No sé cuándo, pero llegará.

FLECHAS

Esperar, mirar, escribir, borrar, pensar, escribir, borrar de nuevo... Imagino que, si alguna vez lo has hecho, sabes de lo que hablo.

Creo que todos, o casi todos, hemos esperado alguna vez ese mensaje o esa llamada que nunca llegó.

Y creo también que todos, o casi todos, hemos escrito ese mensaje o realizado esa llamada que luego nos hizo decir: «Mie#d@».

He aprendido que hay que tener cuidado con lo que uno dice/escribe, porque las palabras son como flechas que lanzamos pero que nunca retroceden. Como nuestros actos. Una vez hechos, no hay vuelta atrás.

Entonces sucede una lluvia de consecuencias, ya sean buenas, malas o regulares sobre los demás y sobre nosotros mismos que, por suerte, nos van cambiando.

De eso se trata porque, si no, nos volveríamos personas monótonas y aburridas que cometerían siempre los mismos errores.

Gente de rutina, que no disfruta de la vida con esos cambios que nos aportan tanto.

SUBE, QUE TE LLEVO

Un día se me ocurrió ordenar un poco el desastre que había entonces en el garaje. Me puse el uniforme de limpieza y orden:

Camisa vieja, pantalones cortos (que, digamos, yo no estaba «en condiciones de llevar»), calcetines y zuecos rosados.

Tal era la catástrofe, que una bolsa de basura de las grandes se llenó de trastos y cosas que no servían.
Aquí, cerca de mi casa, hay un contenedor, pero... todo aquello pesaba un montón. Alguien pensó que sería buena idea llevar dicha bolsa en una carretilla (en realidad, ni tan mal). Agregué a mi uniforme un sombrero de paja y salí muy contenta con la carretilla a cumplir mi misión de llegar a la basura.

Al dejarla en su sitio y dar media vuelta, vi acercarse a un chico realmente guapo y atractivo dando una vuelta mientras corría (cualquiera saldría huyendo a toda velocidad).

En ese mismo instante deseé desaparecer y dejar la carretilla allí abandonada, pero no.

Uno de esos instantes maravillosos que la vida nos regala alguna vez.

Y me da por pensar que no solo deberíamos sacar la basura del garaje, también deberíamos limpiar dentro de nosotros mismos.
Porque en cualquier instante puedes encontrar a cualquier persona mientras hace su vida y uno con todo patas arriba.
Sin avergonzarnos de tener la carretilla, llena de cosas que ya no nos sirven y que queremos sacar fuera de nosotros.
Sin querer desaparecer o abandonarla porque nos ha ayudado a sacarnos todo eso de dentro.

Orgullosos de, de vez en cuando, limpiar y ordenar nuestro «cuarto de las escobas» (vamos a llamarlo así), porque hay personas que no son conscientes de que ese cuarto hay que ordenarlo algunas veces.

O incluso, no saben ni que existe...

DAR Y RECIBIR

Una buena teoría que escuché una vez es dar de lo que te gustaría recibir, o lo que es lo mismo, tratar a los demás como nos gustaría que nos trataran a nosotros.
Dar y recibir.
Intercambiar, en cierto modo.

Me pareció genial.

LiBRETAS

Porque hay lugares en los que puedes ser tú mismo. Y esos apuntes saben de lo que hablo. «La niña de las libretas», decían.

Volver descalzas a casa después de morir y resucitar. Mil canciones y declaraciones con números de teléfono para no olvidar. Bailes prohibidos encima de mesas o bodas imaginarias con testigos incluidos. Lugares para brindar por los sueños que crean realidades en esta vida tan enferma. Viajes a Ibiza que nunca llegaron, pero todo lo que hemos vivido es mejor que si hubiésemos ido.
Hablando de una mística conexión de ideas o amigos que podrían ser alcaldes. Dejando constancia de lo divertido que es correr desnudas por la playa, con el cuerpo lleno de emoción o apuntando deudas pendientes.
Listas de palabras, dibujos de libélulas, Romeos y Julietas o auténticas tempestades.

Porque nunca, nunca digas: «Ni una palabra de esto a nadie».

LO QUE CREES, CREAS

Deseos.
Seguro que alguna vez has cerrado los ojos, has visto una estrella fugaz o incluso lanzado una moneda a una fuente.
Habrás pedido un deseo, pero ¿se ha cumplido alguna vez? A mí... alguna vez.

Fue curioso, en cierto modo me sorprendí y al día siguiente lancé otra moneda a aquella fuente mágica, pero ya no se cumplieron más.
Nos asustamos cuando se cumplen nuestros deseos y, cuando llega el momento en el que se hacen realidad, no sabemos cómo actuar.
Estamos tan acostumbrados a que nos ocurran cosas «malas» que cuando viene algo «bueno» o algo que queremos, nos hacemos pequeños.

«El deseo nos saca de nosotros mismos, nos desubica, nos dispara y proyecta (...)», afirma E. Punset, entre otras palabras, en su libro *El alma está en el cerebro*. No he tenido oportunidad de leerlo.

Con respecto al título: no sé dónde estará mi alma, la voz de Punset no me agrada mucho (y perdón) pero... acertó con la cita sobre el deseo.

Me desubicó, me sacó de mí misma y disparó una serie de sentimientos y sensaciones la posibilidad de que ESE deseo se cumpliese.

Y me dio por pensar que, a veces, deseamos algo con tanta fuerza que, sin querer, vamos centrando nuestra energía en que eso se cumpla.

Y aquí viene una frase poderosa:
«Lo que crees, creas».
Toda una gran verdad. El poder de la mente es increíble...
Puede parecer una frase absurda, pero estoy segura de que así es. Lo que creemos, creamos.

Me ha pasado infinitas veces e infinitas veces podría afirmarlo.
Habrá miles de ejemplos disparatados y que no tengan nada que ver, pero si uno está pensando constantemente que nos van a hacer daño, nos lo harán. Eso lo siente uno y los demás.
Aunque no lo digamos o quizá la otra persona no nos conozca demasiado, tarde o temprano, todo sale a la luz por un lado u otro.

SiMPLE

Hay algunos días en los que nos sentimos raros o extraños, porque anhelamos una pequeña compañía.

Aunque sea para ver una película mala por la tele, escuchar una canción o, tal vez, tomar un café.

No se necesita mucho más, porque en las cosas simples está la belleza de todo.

Un pajarito me sorprendió una vez al leer un trocito de este disparate con una frase de un gran mago argentino. Es perfecta para definir esta idea:

«No es lo mismo una cosa simple que una simpleza». *René Lavand.*

Nos intentan vender relaciones «maravillosas» en las que las personas viajan, cenan en lugares terroríficamente caros, compran regalos y un largo etcétera de absurdos.

Cuando, en realidad, merece más la alegría de una tarde con cosquillas, música, una manta y una peli.

En la variedad está el gusto, eso está claro. Pero prefiero un paseo por la playa a la luz de la luna antes que muchas de esas cosas.

Tanto, que a veces nos esforzamos por encontrar un regalo para esa persona y nos rompemos literalmente el cerebro cuando, por ejemplo una carta, una cajita llena de recuerdos, sueños nuevos para vivir o un maratón de besos pueden quedarse grabados en nuestra mente para siempre.

Aunque a veces la otra persona no lo valore y luego se vaya, sabrás que se queda con un pedacito de ti en algún rincón de su alma (si es que tiene) y no lo olvidará jamás.

UNA PARA
VER Y APRENDER

Deberíamos tomar las cosas de otra manera y buscar el lado positivo a todo. Y cuando digo todo es TODO.

¿No has oído que hasta una patada en el culo te impulsa hacia delante? Pues eso. Todo lo que nos sucede no es tan malo.
Es cierto que nos suceden algunas cosas que no nos gustan tanto y que no queremos que ocurran, pero ahí va lo que decía anteriormente sobre aprender.

Una para ver y aprender porque, ya que estamos, aprendemos a la primera.

Pueden ocurrirnos miles y miles y miles de situaciones de las que no salgamos bien, pero en nosotros está la importancia que le queramos dar a ese «problema» (llamémoslo así) porque...

«Si tiene solución, ¿para qué te preocupas? Y si no tiene solución, ¿para qué te sigues preocupando?».

He leído mil veces esta frase en un montón de sitios y, sinceramente, me encanta.

VUELTAS Y REVUELTAS

Dato importante que introduce el siguiente capítulo: para cuando una persona quiera volver o se encuentren, hay que conservar una pequeña sonrisa con sabor a *Tú antes molabas*; ya que normalmente el 92,42 % de las personas vuelven o se encuentran de nuevo en su vida. El porcentaje es un dato aleatorio inventado, pero creo que no ando muy lejos de acertar con esto.

Las vueltas y revueltas, los fines sin fin, segundas partes que nunca fueron buenas, los arrepentimientos, los te odio para siempre... Hay muchos tipos de finales en las historias que nos habrán ocurrido.
Es cosa nuestra encontrar el equilibrio después de todas y cada una de esas historias porque, tal vez, después de dicho final sea nuestro momento.

No sabemos cómo, cuándo, por qué ni con quién, pero después de la tormenta llega la calma.
Eso se suele decir.

Quizá a modo de tiempo para recuperarse, conocerse a uno mismo o, de repente y sin avisar, llega alguien genial que nos buscaba precisamente a nosotros.
O que, simplemente, no buscaba a nadie más.

EN GENERAL

Hay que estar un poquito seguro y sentir algo de «miedo» cuando nos encontramos a esa persona genial con la que nos queremos arriesgar.

Ilusionarse pero con pies de plomo.
Es cierto que cada persona es un mundo.
Aquí no existen horóscopos, géneros ni nada de eso.
No podemos generalizar en nada y cuando digo nada es NADA (en general).
Habrá cosas en las que coincidamos, pero por suerte somos todos diferentes y únicos.
Siempre habrá algún detalle que nos haga especiales y distintos de los demás. Cada uno tiene el(los) suyo(s).

Y eso es lo que crea nuestra esencia, que hace que, a esa persona genial, tú también le parezcas genial.
Ese conjunto de detalles que nos gustarán más o menos, pero a la otra persona le chiflan.

¿Les suena eso de que *la belleza está en los ojos del que mira*?

HABLAR
CON TODAS LAS LETRAS

Tener un poco claro lo que queremos, decir la verdad y que te sientas feliz a (tu) su lado.
Ordenar las ideas, buscar la manera adecuada y expresarse.
Ahí creo que está un poco la clave y, bueno, si va a ser un juego, procurar que ambos lo sepan y se diviertan. ¿No?
Sería lo más lógico.

Muchas veces hacemos las cosas sin pensar y, en otras ocasiones, pensamos demasiado.
Deberíamos prestar atención al hecho de pensar más de la cuenta.
A veces, nuestra mente es traidora creando miedos, inseguridades, situaciones que ni siquiera existen o, mejor dicho, existen solo en nuestra cabeza.

Imagino que a veces habrá algún hecho que nos lleve a pensar en esos miedos, pero, ya sea por una cosa u otra, les damos más importancia de la que realmente tienen.

MOMENTOS

Tenemos tanto que descubrir, tanto que recordar, tanto por sonreír...

Dicen que todo (o casi todo) sucede por algo, y a lo mejor tienen razón.
Habrá cosas que nos gusten más que otras, cierto es, pero, tal vez, han de suceder igualmente porque así nos vamos creando a nosotros mismos. Mejores o peores, siempre habrá alguien que se alegre de conocernos y, por la misma razón, habrá gente que nos odie.

La «vida» es así.

Estamos hechos de esos momentos que guardamos en nuestra alma (aún sigo sin saber dónde puede encontrarse dentro de uno...).
No somos nuestras fotos ni nuestro dinero o nuestros objetos materiales.

Nada de eso.

Somos toda esa recopilación de momentos que hemos ido viviendo poco a poco a medida que va pasando el tiempo, el cual no debemos dejar escapar porque, volviendo atrás, todo eso que nos sucede, se guarda, se convierte en recuerdo y nos forja.

Aunque, nos guste o no, a veces vivimos algo que nos parece extraordinario y maravilloso. Lo guardamos como recuerdo chachi en nuestra carpeta del pasado, pero en un futuro presente... nos hace daño recordarlo.
Momentos geniales con personas que creía geniales y, ahora, han desaparecido por completo, convirtiéndose en extraños o personas que al final nos hicieron daño. ¿Entonces, qué debe hacer uno con ese recuerdo?

¿Olvidarlo? No.
¿Aprender de ello? Sí.

Y son muchas las veces que vamos a sentirnos desilusionados, sin ganas de comenzar algo nuevo, sin ganas de nada. Muchos días, semanas, meses o incluso años en los que nada nos ilusione, en los que todo parezca vacío y sin importancia pero... hay que tener un poco de paciencia.

AL OTRO LADO

A veces, la vida, el destino o como quieras llamarlo, parece que nos pone a prueba. Nos manda situaciones en las que sale a la luz cómo eres en realidad.
Recuerda: las palabras son como flechas que nunca vuelven.

Y, sobre todo, porque no sabemos qué es lo que puede estar pasando al otro lado. Hay un sinfín de cosas que pueden estar ocurriendo.
De ahí que esté de más (o de menos) decir que nunca hay que suponer. Si no sabes, pregunta.
Porque en el momento que comienzas a suponer sin saber, a dar por sentado cosas, imaginar historias... nos metemos en un bucle del que no podemos salir bien.
Ahí quedan los mensajes sin contestar o sin enviar, los cafés que se quedaron sin tomar, las cartas que no se respondieron, un regalo que no es recibido...
Miles y miles y miles de asuntos pendientes que trastocan el cerebro (y el alma, perdida).

Si quieres algo, dilo. Si no, también. Porque la otra persona quizá está esperando algo de ti que no puedes darle o que no estás preparado para recibir...

Tómate tu tiempo, piensa tus palabras y reacciona.
No puedes quedarte parado sin decir nada como si no fuera importante; tal vez para ti no lo es, pero para la otra persona es muy importante.

Sinceridad, tranquilidad, palabras, maneras adecuadas y listo.

Puede que sea peor el no decirlo o lanzar una indirecta con un silencio.
No creo que no seamos tan cobardes como para huir de una situación con un silencio, ya que hay silencios que destruyen y, en ocasiones, más que una respuesta con la verdad.

EL JARDINERO

Hoy, trabajo como animadora en un centro para mayores y queríamos hacer una actividad diferente, en conjunto con otro de los fantásticos centros que existen aquí.

Queríamos plantar flores y, bueno, hicimos lo necesario para que la actividad se llevara a cabo.
Pregunté a la directora de dicho centro si quería colaborar con nosotros y le pareció una idea maravillosa, al igual que ponerme en contacto con el jardinero que daba los talleres allí.
Me esperaba cualquier tipo de persona, excepto a alguien tan bonito.

Cuando entró, no fui capaz ni de levantarme a saludar de lo sorprendida que me quedé. Le di la mano, como hacen en las reuniones de las películas, pero... resultó un poco más ridículo.
Hablamos de lo que queríamos hacer.

Y, mientras, yo no encontraba mi bolígrafo en el estuche, me temblaba la voz al hablar, me daba la risa tonta (como siempre cuando me pongo nerviosa), no sabía qué día era en mi agenda...
Y, bueno, todas esas cosas que te puedas imaginar cuando alguien se pone nervioso.

Luego a él se le ocurrió la genial idea de enseñarme los originales trabajos que hacían allí.

¿Sabes ese momento en que te hablan, tu mente vuela a una playa del Caribe con ese chico y no te enteras de nada? Pues eso.

Acabé resumiendo todo en que se me daba fatal la jardinería y le di las gracias por querer colaborar con nosotros.
Por suerte, no me pidió opiniones. Y menos mal. Aunque todo estaba precioso, yo prefería hablar de nuestro próximo viaje al Caribe.

La mente, increíble de nuevo. Y el alma, perdida entre petunias de colores.

MUNDOS Y PALABRAS

Opinamos y decimos lo que creemos que es correcto para nosotros, pero... no nos paramos a pensar que quien nos escucha puede pensar/sentir/actuar de una manera distinta a la nuestra.

Somos distintos unos de otros.

«Mundos» que se encuentran dentro de otro que poco a poco desaparece. Del mismo modo que desaparecemos nosotros en ocasiones. Unas veces queriendo y otras sin querer.
Esta última es la que menos nos gusta, creo. Tener que decir adiós sin quererlo.
Y, quizá, ninguna palabra de las que escribo tenga una unión o algún doble sentido junto a las demás.

Lo cierto es que no debemos andar buscándolo constantemente. Una doble interpretación de las palabras.

También es cierto que, al igual que *la belleza está en los ojos del que mira*, cada uno interpreta lo que le llega de manera distinta (supongo que es posible que lleve relación con lo de que cada cual es único). Volviendo al sentido de las palabras... Habrá personas que sí escriban/digan las cosas con un doble o triple sentido. Blablablá.
Pero, ¿y las que no? ¿Qué hacemos?

No sé, será que debemos irnos a otro planeta por escribir lo que pensamos, sentimos y queremos. Sin más (ni menos). Supongo que no es tan complicado. Imagino que es como una «ley» mínima o básica de comunicación, ¿no? Sencillo.

No quiero decir con esto que las cosas vayan a ser fáciles por el hecho de ser sencillas (que conste en acta), pero he llegado a comprender por mí misma que no hay que enredar las cosas. Ya se encargarán los demás de hacerlo, de eso estoy segura.

Tantas cosas por hacer, tantas cosas que decir, tanto por compartir, tanto de tanto y, a veces, nadie nos entiende. Aunque hablemos claro. Sin dobles sentidos.
O quizá, somos nosotros. Seres simples que no entendemos a los demás seres dobladores de sentidos, quién sabe...

SORPRESAS

Érase una vez un día normal y corriente como cualquier otro.

Comienza como otro día, pero no es igual a ninguno pasado porque, de repente, llega algo y te sorprende.

Puede ser cualquier cosa.

Pero eso mismo ha hecho que tu día, normal y corriente, sea un día realmente... asombroso.

Imagino que a todos nos gustan las sorpresas.

Algún pequeño detalle, una llamada de teléfono, un... «Hey, ¿cómo estás?» de esa persona que nos gusta, un abrazo... No sé.

Esa sorpresa de la que hablo pueden ser mil millones de situaciones o cosas que, para cada uno de nosotros, son distintas.

Pero que hacen cambiar los días, lo hacen.

RESET

Después de mucho tiempo, uno a veces se pregunta demasiadas cosas para las que no encontramos la respuesta.
Es posible que tal vez ni siquiera la tengan, no lo sé.
En ocasiones, hay que borrar y empezar a escribir un nuevo principio; bien sea con personas o situaciones.
Es bueno hacerlo de vez en cuando, sería como un «*reseteo* de nuestra memoria», que hay épocas en las que se hace necesario.

El otro día empecé a revisar mi agenda telefónica y, no sé por qué, dije: «Vale, voy a borrar números (que al fin y al cabo son personas)».

En estos últimos meses he conocido a personas nuevas y algunas ya han sido borradas.
Simplemente porque, sería genial que mostraran el mismo interés que muestro yo en conocerlas.
No sé, supongo que es otra de esas «leyes básicas» que me imagino.
Al igual que personas que conocía desde hace tiempo... parece que han desaparecido.

EL KARAOKE

Hoy, en: momentos geniales de mi trabajo.
Decidimos hacer una fiesta para un
cumpleaños.
Ya sabes, tarta, refrescos y un karaoke
con varias canciones de la época, que
a los abuelitos les encantan. *La bamba*,
Eva María se fue, Los Panchos o *Mi gran
noche* de Raphael. Entre otros temazos.
Y allí, una servidora. Micrófono en mano,
cantando y bailando emocionada: *¿Qué
pasará? ¿Qué misterio habrá? Puede ser
mi gran noche...*

Y, al girarme, vi un ser bastante apuesto
y sexy. En ese mismo momento descubrí
que no es posible que te trague la tierra,
traspasar una pared ni desear ser
invisible.
No pude hacer otra cosa sino sonreír y
saludar, todo mientras pensaba: «¿Cuánto
tiempo llevará aquí? ¿Qué estaría
cantando cuándo llegó?».
Otro de esos instantes maravillosos que
la vida nos regala alguna vez.

Dicen las expertas que, al final, voy a
conocer al amor de mi vida en alguna
situación así. En medio de un disparate.
Solo espero no llevar ningún sombrero de
paja o la carretilla.
Y si no, por lo menos, que el sombrero sea
uno bonito y la carretilla esté vacía.

SER FELIZ

¿Llegará el día en que todo sea como esperamos?
O simplemente... ¿alguien que nos acompañe en el camino de ser felices?
Seguramente sí.

No debemos cometer el error de buscar nuestra propia felicidad en algo o alguien. Cuentan que, para ser felices junto a alguien (si es lo que uno desea), debemos ser felices por nosotros mismos primero. Solos. Y, solamente así, seremos/estaremos felices de compartir nuestra felicidad.

Pensándolo absurda-mente, llevan razón, porque... ¿qué felicidad vamos a compartir con alguien si no tenemos ninguna propia?

Buscar, encontrar, cultivar y compartir nuestra felicidad. De eso se trata.
No aparentar ser feliz. Serlo.

IM-PRESCINDIBLES

Cuando uno se aleja un poco de algunas gentes, se da cuenta de cosas.
A veces pensamos que somos un imprescindible en la vida de esa otra persona.

Basta con que encuentren a alguien que te reemplace, que les dé algo que tú no puedes darles, que les ofrezca algo de lo que tú careces... para que esa persona a la que tanto diste y tanto quisiste, desaparezca.

Y sí, desaparece.
Cuando antes te buscaba, te escribía a todas horas o incluso llegaba a resultar en ocasiones un poco... ¡Buf!

Muchas dicen que siempre estarán, que nunca te van a abandonar, que siempre todo y, al fin y al cabo, todas desaparecen.
Les dan algo que tú no y se esfuman, olvidando todo lo que has escuchado, abrazado, dado, leído...
Pero ya lo decía antes. Todo el mundo vuelve y tendrás que estar preparado para esa vuelta; porque volverá.

LA BALANZA

Me ha sucedido que, incluso haciendo aaaños que no mantengo una relación «medianamente seria» (supongo que el karma todavía está haciendo sus efectos sobre mí), hay personas que me piden consejo sobre sus relaciones «medianamente serias».

Me cuentan, escucho atentamente (aunque en unos minutos probablemente olvide muchos detalles), pienso y respondo.

Mantengo una teoría «relacionalística» (este término es inventado y, si existe, no lo sabía) que es genial para cualquier circunstancia: la balanza.

Es simple y seguro que está comprobada científicamente o algo así.

Me explico.

Uno se encuentra en una situación. Digamos que dicha situación cambia a «peor» y nos crea algo que nos «disgusta». La teoría comienza en que debemos hacer una balanza.

Es tan sencillo como hacer dos listas: una de ventajas (por mantener esa circunstancia) y otra de desventajas (por mantener esa circunstancia).

Hay que tener cierta tranquilidad, conciencia y sinceridad a la hora de hacer estas listas, ya que nos llevarán a la solución de esa situación.

Podrá parecer una estupidez de teoría, pero es posible que en situaciones difíciles nos sirva de ayuda. Y ya está.

NO SÉ CUÁNTAS VECES

No sé cuántas veces he dado la vuelta atrás. En muchos sentidos.

No sé cuántas veces he leído estas páginas. No sé cuántas veces me he girado para mirar a una persona bonita. No sé cuántas veces he leído frases que me gustan.

No sé cuántas veces he mirado fotos y vídeos del pasado. No sé cuántas veces he hablado a esa persona a la que dije que nunca más le hablaría, y así una gran cantidad de «no sé cuántas veces» que me hacen cuestionarme algunas cosas.

No creo que viva atrapada en un pasado que, como bien indica, ya pasó. Pasado. Pero quizá hay faltas de ortografía que pasé por alto, hay personas que me gustaría volver a ver.

Hay pensamientos que quiero recordar, hay imágenes que no quiero olvidar, hay respuestas que aún no he encontrado y lucho hasta conseguirlas... Hay infinidad de «no sé cuántas veces».

Muchos dicen que el pasado, pasado está. No sé hasta qué punto «está». No podemos dejar eso de lado y olvidarlo todo. Tampoco podemos negar que, gracias a ese pasado, somos nosotros ahora mismo en el presente. ¿No?

GENTE

Gente...

Gente... un montón.
Gente... que canta.
Gente... que baila.
Gente... que sonríe.
Gente... que te conoce.
Gente... que cree que te conoce.
Gente... que enseña.
Gente....que aprende.
Gente... feliz.
Gente... que sí.
Gente... que no.
Gente... imposible.
Gente... que nunca.
Gente... loca.
Gente... en su mundo.
Gente... distinta.
Gente... que lee.
Gente... que observa.
Gente... que habla.
Gente... que grita.
Gente... en silencio.
Gente... que escucha.
Gente... en las estrellas.
Gente... aquí.
Gente... cerca.
Gente... lejos, pero cerca.
Gente... cerca, pero lejos.

Gente.

LA FRASE DE BUEN ROLLO

Una vez fui a una feria del voluntariado. Había muchos puestos y cada uno tenía cositas bonitas a la venta para ayudar a asociaciones o información sobre su trabajo y demás.

Recuerdo que en uno de esos puestos había un recipiente con un montón de rollitos de papel. En cada uno había una «frase de buen rollo».
Obviamente, no pude evitar coger uno de esos rollitos. Decía lo siguiente:

El éxito tiene una simple fórmula: da lo mejor de ti y puede que a la gente le guste.

Desde que la cogí no había vuelto a leerla. La guardé en ese típico «cajón del desastre» que todos tenemos y la volví a reencontrar hace poco (ordenando el cajón desastre).
Me quedé un rato mirándola y pensando...

Decidí ponerla a la vista en mi escritorio, tanto, que cada vez que levanto la mirada la veo. En cierto modo tiene su «aquello» la frase-cita.

Por lo visto es de una persona llamada Sam Ewing que, he buscado por curiosidad, era jugador de béisbol. Me hizo recordar a otra frase-cita que escuché en la canción *Poesía difusa*, del gran Nach:

Hijo, en lo que sea pero el mejor.

Sinceramente, si pusiéramos ganas, pasión y amor a lo que hacemos, seríamos más felices; porque no se trata de criticar y echar abajo lo que hacen los demás, sino de mejorar lo que hacemos nosotros y creer en ello, lo que sea.

BARQUITOS DE PAPEL

Y quizá tú no lo ves así, pero un día por casualidad te cruzaste en mi camino (o yo en el tuyo).

Me gustaría decirte que siempre hago barquitos con esos tickets, pero nunca nadie antes se había fijado en ellos. Hablamos, hablamos y hablamos... Me preguntaste un número y leíste una página de tu libro, porque a mí me dio vergüenza.

Ahora no recuerdo ni el título. Solo pude sonreír y decir algo parecido a... «¡Genial!». No me acuerdo tampoco de nada de lo que leíste, pero ese día me contaste que tu color favorito era el amarillo y que la vida era tu afición favorita. Querías aprender a hacer barquitos de papel (nunca supe si aprendiste).

Hablamos, hablamos y hablamos... Siempre tenemos alguna pregunta, que no todo el mundo respondería. O algo que decirnos. O quizá un simple silencio lo dice todo.

Pasaron cosas, tiempos, y, un día, en un lugar en el que todo está superbueno, tomé el café más malo que he bebido jamás. Incluso peor que los que yo hago. Me diste las gracias, como siempre, por cosas que me salen solas cuando estoy contigo. Te fuiste y has vuelto a venir muchas veces.

Muchos momentos sin café, que espero no se acaben si no queremos que eso suceda.

Nuestros encuentros suelen ser realmente curiosos, al menos para mí.

Nos ha dado por visitar el parque que está encima de mi casa y cada día parece distinto. El otro día, me comí contigo el helado más rico que he comido jamás. En pleno enero, con mucho frío, un suéter y unas pintas horrorosas.

Hablamos, hablamos y hablamos... Y jamás pensé que, estando en ese lugar, con esa ropa y esas pintas, me iba a atrever a pedirte un beso. Y tú, me lo diste (hoy me enteré de que no te gusta que te pidan los besos).

Después nos dimos más.

Nos enredamos tanto entre palabras, miradas y caricias que ibas de camino a la guagua y casi la pierdes.

Luego... los escalones.

Aquellos escalones rodeados de plantas y una bujía escondida ahora guardan algunas de las cosas que nos contamos, y quizá hayan visto algún beso porque, si las colinas tienen ojos, puede que los escalones también.

MIEDOS

Me da miedo que hace años que no logro confiar en nadie, ahora que has llegado otra vez, parece que no me importaría confiar en ti.

Me da miedo que hace años que no lloraba delante de nadie y, cuando te besé por primera vez, lloré.

Me da miedo que cuando pienso en ti suene Emeli Sandé de... ¿casualidad?

Me da miedo mirarte porque me pierdo y me encuentro.

Me da miedo tener que mirar el reloj cuando estoy contigo porque se me olvida que el tiempo pasa.

Me da miedo haberte encontrado un día porque sí, nos perdimos porque sí y volvimos a encontrarnos.

Me da miedo que revuelvas mi cabeza y quieras revolver también mi alma (si la encuentras).

Me da miedo que me hagas pensar (aunque esto también me gusta).

Me da miedo no saber qué es «esto», pero me encanta descubrirlo cada vez que te veo.

Me da miedo tener miedo.

Me da miedo que las canciones que tenía clavadas en mi mente con su etiqueta suenen distinto.

Me da miedo que empiece pensando cosas aleatorias y al final me lleven de una forma u otra... a ti.

Me da miedo mirarte porque cada vez que lo hago me gustas más.

Me da miedo que averigües mis miedos porque quizá te vas.

Me da miedo ilusionarme.

Me da miedo tu forma de pensar.

Me da miedo arriesgarme.

Me da miedo porque contigo me siento bien.

TÚ (yo)

Y, no sé por qué, sabía que después de un tiempo iba a volver a estar aquí, sentada escribiendo algo sobre ti.
Sobre esto.

Sabía que te convertirías en una de esas historias con historias, que apetece contar pero que, por dentro, te ha destrozado el alma (ni se sabe, aún, dónde).
Parecía que lo dabas todo y te gustaba lo que recibías.

Todo sin etiquetas de ningún tipo hasta que la pusiste.
No pude evitarlo y te pregunté: «¿Por qué?»
Y respondiste. Vaya que sí.

Todo lo que yo había vivido como una de las «cosas» más chachis que me ha sucedido jamás se vino al suelo porque no habías olvidado una de tus historias de antes.
Nunca entendí cómo ni por qué, si no habían salido esos sentimientos de tu vida. Y mira que te pregunté.

Te podría haber mandado mil doscientos mensajes más, pero creo que no serviría de nada.

Por mucho que a uno le digan, esas decisiones tiene que tomarlas uno solo. ¿Recuerdas? Te lo dije con todas las letras. No me comí ni una (y mira que sabes que siempre tengo hambre): *«Si algún día te quieres ir, no voy a pedirte que te quedes».*

Cuando esas palabras salieron de mi cabeza, otros pensamientos entraron: *«Si alguien quiere seriamente ser parte de tu vida, seriamente hará lo imposible por estar en ella».*

Lo peor es que parecía que querías formar parte...
Al menos, reconociste que habías enviado las señales equivocadas y yo estaba interpretando bien lo que me llegaba.

Si algún día llegas a leer todo esto, por favor no pienses que guardo algo malo dentro de mí por todo lo que pasó.
Sigues siendo alguien maravilloso en este mundo, que me ha encantado conocer y que seguiría conociendo.
Hubiese pasado el resto de mi vida compartiendo contigo un montón de momentos y palabras bonitas que se podrían decir cuando has conocido a alguien con quien puedes ser tú (yo).

A
VECES

OTRAS
VECES

A veces.

A veces me detengo y escribo. Podría escribir páginas y páginas. Otras veces, nada.

A veces te comería desde la cabeza a los pies.

A veces te echo de menos.

A veces muero porque estés aquí. Otras veces me da miedo que estés.

A veces pienso en qué dirán los demás. Otras veces me encantaría que hablasen.

A veces te encuentro de casualidad. Otras veces, aunque queramos, es imposible.

A veces pienso que nada y otras veces pienso que todo.

A veces estás lejos. Otras veces, cierro los ojos y estás a mi lado.

A veces me pierdo.

A veces me gustaría saber un sinfín de palabras para que me entiendas.

A veces me encantaría poder verte todos los días.

A veces me gustaría intentarlo. Otras veces también.

A veces y solo a veces...

RACHEL

Y bien es cierto que las personas pasan por tu vida para enseñarte algo. Unas veces a no ser como ellas y otras... muchísimas cosas.

En poco tiempo podría decir que he aprendido algo que puede parecer básico, pero lo tenemos casi siempre olvidado. Aún hoy, ando un poco así:

Sorprendida porque haya que explicarle a «profesionales» y/o futuros profesionales que trabajarán con personas, a quienes deben tratar bien.

Con humanidad y de buenos modos.

Que hay que saludar al entrar, despedirse al salir, etc.
En fin, hay que tratarlas como eso: personas.

Gracias, Rachel, por refrescarme la memoria y por si acaso mi mente se olvida de esto.

Por referirte a todas nosotras como: «personas con calidad humana, porque eso ya es un 70 % de la tarea».

Por ese tremendo abrazo al decirnos hasta luego y aquellos cafés.

Por las risas y los exámenes de unir con flechas. Porque las preguntas tipo test me rebujan y a veces me sale bien inventarme las de completar.

Porque las de verdadero/falso restan. Por asustarnos al corregir los prácticos en rojo y tener un ocho.

Por ayudarnos a comprender muchas cosas en este amplio y gran mundo. Porque todos somos iguales pero distintos y también distintos pero iguales. Algo tan sencillo que no debemos olvidar jamás.

¡Gracias por enseñarme tanto!

DiFERENTE

Si tienes la suerte de ser diferente, no cambies nunca.

He leído en varias ocasiones esta frase. La he buscado y no sé quién la inventó. La verdad, aunque no sepa, gracias a la persona que lo hizo.

Ayer me ocurrió algo muy curioso.
Para empezar, pienso que no es el sitio. Es con quién.
Y cuando te sientes bien en un lugar, es por la compañía, aunque estés completamente solo.

Podría definir ese «con quién» de varias maneras, pero me quedo con algunas de las impresiones que sentí:

Impacto momentáneo y fugaz. Frío y demasiado blanco. Completo e incompleto a su vez. Diverso, multidiferencias y similitudes. Suena algo de música. «Difícil» y maravilloso.

Cuando tu memoria vuelve atrás y sientes que, aparte de todo esto, has encontrado un sitio donde encajarías. Un «por favor».

Porque sí, porque no hay que tener miedo a ser diferente. Nada ni nadie es normal y quizá por eso simplemente se llamen así: **«Nada» y «Nadie».**
Dicen que «Nadie» es perfecto, pero también que «Nada» es lo que parece. Por tanto, de momento, no voy a creer ni en «Nada» ni en «Nadie».

Normalmente, hay un orden dentro del caos y existe un orden desordenado.

Primeras impresiones impactantes fuera.

CAOS

ENCUENTRO DIVINO

Hoy, en: situaciones surrealistas que me han pasado y a las que he sobrevivido.

Llega ese día en que, hacer juegos para animar una fiesta infantil, te parece buena idea.

Hasta que llega el momento, buscas el disfraz más guay, maquillaje de colores, un moño a un lado con un lazo grande rosado, calcetines distintos y una especie de delantal azul turquesa. Creo que es un atuendo algo ridículo, pero bastante apto para la ocasión.
Excepto por un pequeño detalle.
Llegas antes al lugar de la fiesta y parecía vacío, pero... no. Allí estaba ÉL, en mayúsculas.

Esperando a que llegaran el resto de personas, cerveza en mano y la sonrisa puesta.
Hola, imagino por tu ropa que eres la animadora, ¿te apetece una cerveza? Aún es temprano — dijo entre risas.

Y claro, no me quedó más remedio que aceptar la oferta, entre risas también, ya que la situación lo requería.

Ya total... estaba disfrazada de un intento extraño de payaso, una maleta con un estampado de fresitas en la mano y queriendo desintegrarme en ese mismo momento (para no variar).

Al final, fue divertido hablar con aquel interesante y guapo desconocido durante un buen rato, arreglando nuestro trocito de mundo.

ESPEJOS DEL ALMA

Simplemente tú.

Y se observa desde el primer momento
en tus «espejos del alma».

Alguien dijo que no te hacen conjunto,
pero... no te compres otros, por favor,
están genial así.
Además, pegan perfectamente con lo
que dices, escucho, imaginé y, de vez en
cuando, puedo apreciar.

Y es ahora, cuando he vuelto como ese
porcentaje de gente que vuelve, que me
doy cuenta de que no voy tan mal en mis
teorías sobre la humanidad en la que
estoy incluida.
Humanidad tan distinta, tan igual, y yo...
tan (poco) bruja.
Gracias, porque no debemos olvidar del
todo que siempre hay tiempo; que existen
las casualidades y que se puede intentar
de nuevo.

Cambiar, dar y recibir. Que lo que crees
crcas.
Las vueltas y revueltas. Y las apuestas.
Que no hay que generalizar y que las
historias tienen segundas o incluso
terceras partes...

Extraordinario a la vez que increíble todo
lo que cuentas, en un lugar del más allá.

LA (NO) MALDICIÓN

Arreglando cosas que sirven para transmitir los pensamientos del alma y también ordenando un poco los desastres que ni yo misma sé explicar.

Una (no) «maldición» de las cuerdas en la que reír, llorar, pensar, hablar, escuchar, aconsejar y un largo etcétera que, como cada día descubra tantas cosas buenas, no me va a alcanzar una memoria interna o externa para acordarme de tanto.

Menos mal que la tuya sí.

GRACIAS, SUPONGO

Química, dices. Yo tuve que ir a clases particulares, pero contigo la entiendo un poco mejor.
A lo loco, porque locos estamos y porque contigo es genial hasta el silencio.

Porque el tiempo contigo pasa volando. Porque a las 02:00 no puedo volver, pero a la 01:30 sí, y ojalá pudiera volver a las 03:00, a las 06:00 o quedarme contigo.

Y te miento un poco cuando te digo que no pienso... Y lo siento, porque sí, lo hago; pero no quiero que sepas que me da miedo todo esto. Que hayas aparecido de repente y te vayas de la misma forma.

Que soy cáncer y tengo una coraza que me protege, pero me da igual decirte por dónde puedes pasar sin romperla, por si acaso luego me hace falta.

Que no quería decirte que te vayas por si me haces caso, pero, tal vez, podría llegar a entender que te fueses.

Sorprendida de haber encontrado a alguien como tú justo cuando quería estar sola.

Cuando (otra vez) no quería confiar en nadie.

Cuando todos los «imagínate» que pensé, me pasan contigo.

Que cuando digo que me gusta así, es en serio. Que a veces quiero teletransportarme solo para darte un beso y volver, nada más.

Que «mantenga los pies en el suelo», me dicen a veces cuando hablo en secreto de ti.

Que no entienden que haya dicho siempre: «me dan miedo las alturas».
Que tú eres muy alto y que a mí me gusta besarte...

Y ni siquiera sé si lo escuchaste.

Gracias, supongo.

LLAMADAS

Hola, Antonio de Jerez, del servicio técnico telefónico:
Ya que es la trigésimo séptima vez que llamamos y, bueno, hoy por lo menos saliste tú. Eres amable, simpático y no eres una máquina.
A ver si, después de la llamada e incidencia de hoy, logras que arreglen el teléfono, porque... ¡Vaya llamadita ajetreada!

Antonio me pidió que conectara el teléfono al PTR, otra vez (que, en mi casa, está pegado en el techo), y nada, con el chico al teléfono y yo con el móvil en el hombro:

Los niños peleándose.

Tuve que buscar la escalera de la despensa y era pequeña.
Por tanto tuve que buscar la otra.

Buscar un alargador en el garaje.
Conectar todo eso subida a la escalera sin morir.

No funcionó.

Total, que me las ingenié para acabar haciendo un poco más amena la conversación con el chico (mientras intentaba conectar todos aquellos cables y aparatos).

«Un momento, no se retire» o «¿Por qué no tenemos tres manos?». «Perdona, pero es que soy bajita y el aparato está pegado al techo». «¿Tú tienes el cambio de turno ahora?».

Finalmente, problema solucionado.
Otro de esos instantes maravillosos que la vida nos regala alguna vez.

Supongo que Antonio de Jerez es de esas personas que sabe tratar a las personas como, eso, personas.

Gracias por tu paciencia.

TÚ SABES

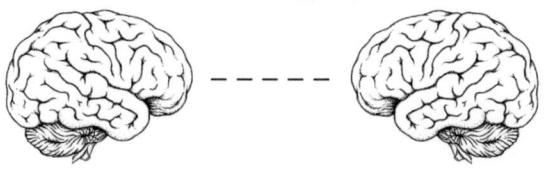

Y como todas las cosas geniales, lo bueno se hace esperar. Qué decirte que no sepas... cuando has escuchado miles de mis batallas.

Porque, cuando hablamos, me da la sensación de que no solo me escuchas, sino que también entiendes todo lo que me pasa.

Porque tendría que repetirte la palabra «GRACIAS» un millón de veces porque siempre estás ahí (o allí).

Que contigo soy capaz de entender hasta nuestros monstruos y la felicidad se multiplica por un montón de montones.

Que cada vez que compartimos momentos me pongo contenta. No importa si se trata de una superfiesta, de una conversación en la azotea o de esos abrazos tuyos que reinician.

Que dedicarte un capítulo de todo este caos me parece poco, pero es que tú eres de esas «historias de la vida» que me gustaría que no acabaran y contaría infinitas veces.

Porque sé que cuando digo «tú sabes» confío totalmente en que lo sabes de verdad. Y siempre ha sido así.

Que sí, que quiero recordarte que eres una persona bonita y que no quiero que nada ni nadie apague tu luz.

Que mereces que te pasen muchas cosas buenas si nos basamos en la teoría de dar y recibir (aunque, quizá, a veces tarden un poquito en llegar).

Que gracias por existir, por vivir y por compartir tantas cosas conmigo.

Que gracias por existir y por vivir.

Que gracias por existir.

Que gracias.

Gracias.

EXPERIMENTAR

En un solo día me dio la sensación de que te conocía desde hace tiempo y, en dos o tres, ya me traías de cabeza.

Porque sí, que si el universo me está enviando exactamente aquello que necesito experimentar... me encanta que seas tú.

Que me da igual rosa o gris. Las células ya estaban nerviosas de antes en esta materia, pero ahora están reaccionando de otra manera.

Me parece maravilloso que el universo mande señales, pero no hacía falta que ordenara las estrellas también.

Que sí, que las canciones se encargarán de traerte con ellas, pero no me funciona la telepatía todavía. Y mira que lo intento.

Llena de inseguridades, pero también de ganas de intentarlo. Llena de miedos, pero dejándome llevar. Un desastre que no me importa ofrecerte.

Y, aunque no veo si mis alas siguen rotas, me atrevería a confiar en ellas. Rotas o no, volaría.

Que si partimos de la base «causa-efecto»... ya flipo solo con el procedimiento. Aunque, si el proceso es así, me encantaría descubrir el resultado de esta hipótesis.

CINCUENTA Y TRES 53

Porque, en este libro, de lo que hay no falta de nada. De hecho, algunas cosas... hasta sobran.
Que si bien hablo de personas maravillosas, tú eres una de ellas.
Apoyando todos mis desastres y siempre con una sonrisa.
Prometí intentar hacer las cosas lo más divertidas posibles, pero tú eras el mejor en esto.

Porque siempre estabas para buscar la risa de los peores momentos.
No importaba si era un gol de chilena o amarrando cosas que vuelan (y no me refiero a una cometa).
Abriendo cervezas con los ojos o trucos con dados y palillos.

Porque a la báscula hay que subirse de uno en uno y que no sabemos dónde está el océano Atlántico porque, seguro, lo guardó una madre.
Porque eras el mejor bailarín de todos los tiempos y hacías trampas jugando a las cartas como ninguno.

Porque te recuerdo sonriendo hasta en los sitios a los que nadie quiere ir.
Porque eres el mejor o «del diez y medio», como siempre decías.
Porque era imposible escribir una historia de mi vida y que tú no aparezcas en ella.

Gracias por ser el mejor, maestro.

RARO

Sorprendida de muchas cosas que he
escrito en este *rebujón* imperfectamente
ordenado a mi manera.
Sorprendida por haberme aventurado a
plasmar pensamientos y sentimientos
en estas páginas.

Tengo la impresión de que podría ser una
historia de nunca acabar, pero necesitas
de tu tiempo para dedicarlo a cosas
mucho más importantes que estas letras.

No es un cuento maravilloso ni una
historia fantástica. Son reflexiones sobre
una vida un tanto rara en este mundo tan
normal.

O quizá... una vida un tanto normal en
este mundo tan raro.

LISTA «CORTA» DE LAS RAZONES POR LAS QUE NO ENAMORARSE DE UNA PERSONA COMO... YO

1. Porque soy yo.

2. Porque hablo demasiado.

3. A veces utilizo pantuflas de Indominus Rex.

4. Me gusta escuchar versiones de canciones por internet.

5. Dibujo muchas mariposas.

6. Soy algo cabezota.

7. Me entretengo fácilmente con cualquier cosa.

8. Hago tonterías.

9. Escucho música alta cuando estoy sola.

10. Canto en algunas ocasiones y canto mal.

11. Toco el piano regular.

12. A veces intento tocar la guitarra.

13. Y lo que es peor, muchas veces toco y canto a la vez.

14. Me gusta vestir de negro.

15. Mi color favorito es el naranja (normalmente).

16. Cuando no me siento demasiado bien, lloro bajito.

17. Me gusta escuchar y que me escuchen.

18. Me da rabia la falta de educación en las personas.

19. Soy un poco tiquismiquis con las faltas de ortografía.

20. No hago regalos demasiado comunes.

21. Me gustan las cosas divertidas.

22. Sonrío a menudo.

23. A veces no pienso demasiado.

24. Y a veces le doy muchas vueltas a la cabeza.

25. En ocasiones, adoro el silencio.

26. Me gusta mirar las estrellas.

27. Disfruto de las pequeñas cosas.

28. Me gusta ir y disfrutar de la playa cuando no hay nadie.

29. Me olvido de algunas cosas y, en ocasiones, cosas importantes.

30. Soy bastante desordenada.

31. Tengo una risa un tanto peculiar.

32. Me gusta llevar el pelo corto.

33. No me gustan los tacones.

34. Mis zapatos favoritos son las chanclas/cholas.

35. En algunos momentos me quedo sin palabras.

36. Soy miope.

37. Me gustan los días de lluvia.

38. Me gusta el frío.

39.Me considero una friki en muchos aspectos (a mi manera).

40. Me gusta hacer reír/sonreír a los demás.

41. Lo que es negativo para mí intento que me resbale.

42. Hago cosas raras cuando me aburro.

43. Hablo alto.

44. Me ilusiono con facilidad.

45. A veces no controlo algunos impulsos.

46.En algunos momentos me arrepiento de lo que digo/hago.

47. Me creo que coloreo bien.

48. Me gusta maquillarme un poco.

49. Me gusta utilizar colonia fresquita o perfume.

50. Si alguien me agrada lo trato bien.

51.A veces pienso dos veces las cosas que quiero hacer y no las hago.

52. Creo que todo es mejor con música.

53. Me pinto muy mal las uñas.

54. Me pinto muy mal los labios.

55. Soy horriblemente mala en Matemáticas, en Geografía e Historia.

56. Soy la peor compañera para jugar al Trivial.

57. Me gusta jugar al ¿Quién es quién?.

58. No soporto estar aburrida.

59. No me gusta la tele.

60. A veces me da la ráfaga de hacer estupideces.

61. Soy un poco bromista.

62. En algunos momentos utilizo bastante el teléfono.

63.Pero no me gusta utilizarlo (si no es estrictamente necesario y/o urgente) si estoy acompañada.

64. Suelo comprar complementos de moda algo llamativos.

65. Tengo un *piercing* en la boca.

66. Tengo tres tatuajes.

67. Quiero más.

68. En otro momento de mi vida fui infiel.

69. He querido con toda mi alma.

70. He llorado después de rupturas amorosas.

71. En ocasiones he huido de situaciones.

72. Me gusta el chocolate.

73. Tengo miedo a que se me caigan los dientes.

74. Sueño a menudo.

75. No me gustan las películas de terror.

76. Me suelo quedar dormida viendo series, películas...

77. Me gustan los vídeos musicales.

78. Hay cantantes a los que detesto.

79.En algunos momentos me cuesta expresar lo que pienso/siento.

80. Tengo un poco de dificultad para redactar.

81. No voy a seguir escribiendo razones porque la lista sería infinita.

¿FIN?

AUDIO FRAGMENTOS

Si te apetece escuchar los audios,
escanea este código QR.